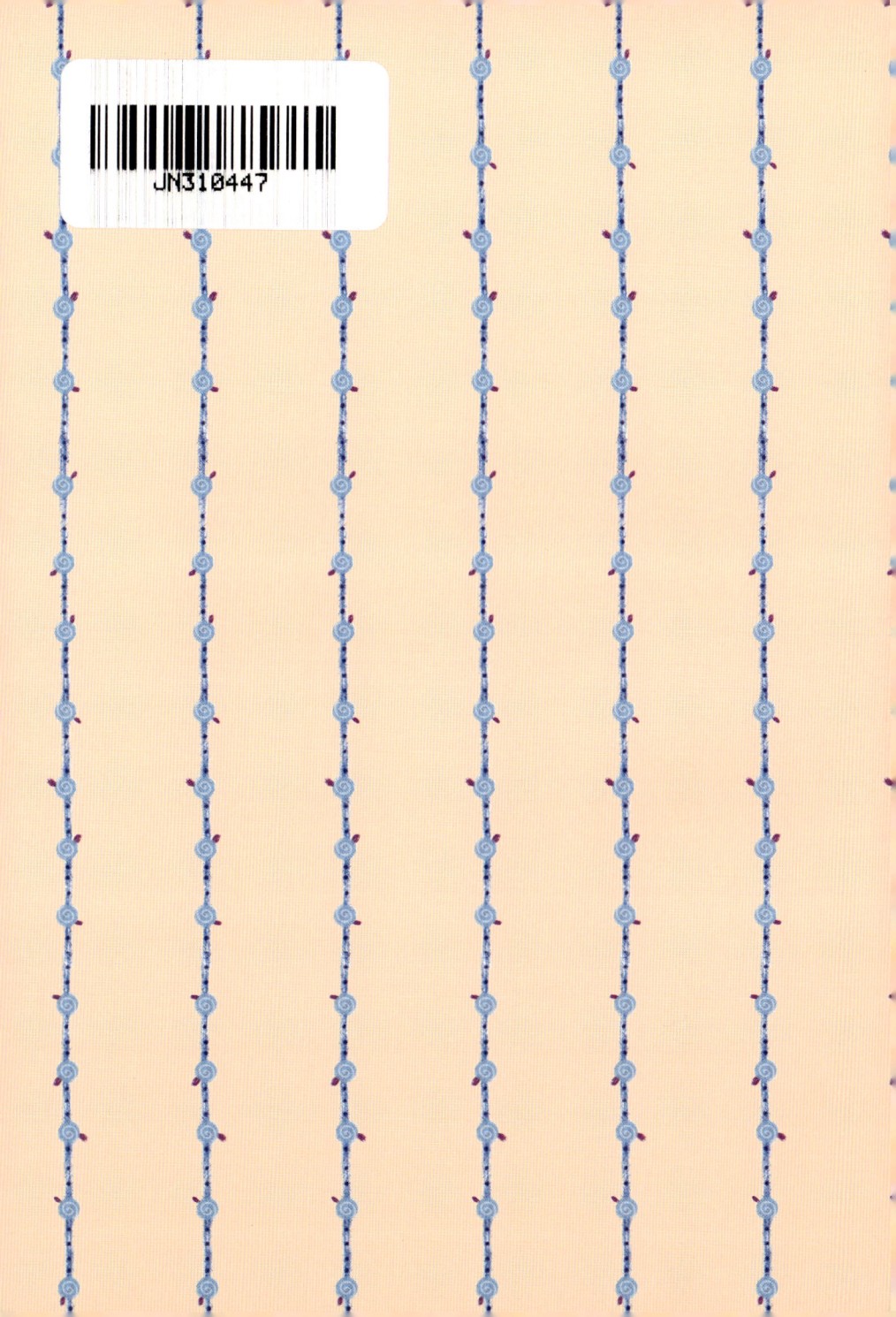

とんでる姫と怪物ズグルンチ

シルヴィア・ロンカーリァ 作　エレーナ・テンポリン 絵
たかはし たかこ 訳

ときめきお姫さま
3

西村書店

Principesse Favolose
LA PRINCIPESSA BELBIGNE' E L'ORRIDO SGRUNCH

Text by Silvia Roncaglia
Illustrations by Elena Temporin

Printed and bound in Japan

もくじ

おもな人たち

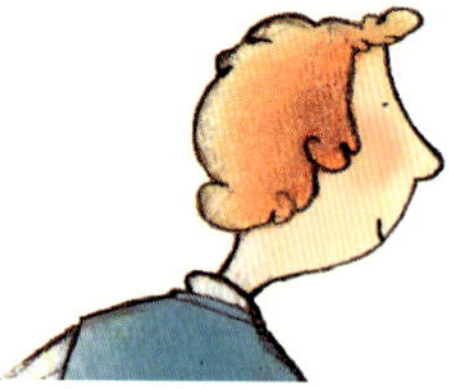

パレット王子
心のやさしい、すてきな王子さま
絵をかくのがだいすき

とんでる姫《ひめ》
心のやさしい、うつくしいお姫《ひめ》さま
おまけに、かしこく、ゆうかんで、
こわいもの知らず

オンチッチョ
調子《ちょうし》っぱずれの吟遊詩人《ぎんゆうしじん》
歌はへたでも、詩《し》はさいこう

この本に出てくる

ズグルンチ
カムンチ地方にすむ怪物《かいぶつ》
〈心〉がないので、
人をおそって〈心〉をうばう

心の魔術師《まじゅつし》
人の〈心〉を読むことができる
〈心〉の絵をかいて魔法《まほう》をかける

とんでる姫《ひめ》と怪物《かいぶつ》ズグルンチ

絵かきのマリオへ
そして、絵かきであり、〈心の魔術師《まじゅつし》〉でもある
ジョルジョ・チェリベルティへ

1 天才絵かき〈パレット王子〉

さあ、さあ、みなさん。おどろくほどおそろしく、おどろくほど感動的《かんどうてき》なお話のはじまりです！　主人公《しゅじんこう》は、うつくしいお姫《ひめ》さまと、すてきな王子さま、そして、いっぴきのおそろしい怪物《かいぶつ》です。

とはいっても、よくあるおとぎ話と思ってはいけません。おそろしい怪《かい》物《ぶつ》にさらわれたお姫《ひめ》さまをすくいだそうと、ゆうかんな王子さまが地の果《は》てまでとんでいく、というのが、よくあるおとぎ話。ところが、このお話は、まったく、あべこべです。なんと、お姫《ひめ》さまが、いとしい王子さまをたすけるために、怪物《かいぶつ》と対決《たいけつ》するのです。

うまくいくのでしょうか？

あべこべのお話ですから、さいごはどうなるのか、だれも知りません。どっちみち、どんなお話にしても、読む前から結末《けつまつ》は知らないほうがいいですね。

では、さいしょからお話ししましょう。

むかし、あるところに、けっこんをやくそくしたばかりの、しあわせいっぱいの王子さまとお姫《ひめ》さまがいました。おやおや、なんだか、もうお話がおわってしまいそうですね。でも、だいじょうぶ、これからですよ。

お姫《ひめ》さまは、〈とんでる姫《ひめ》〉とよばれています。どうして、〈とんでる姫《ひめ》〉

とよばれるようになったのでしょうか。

それは、こういうわけです。

お姫《ひめ》さまは、それはそれはうつくしく、心のやさしい人でした。でも、それだけではありません。かしこくて、ゆうかんで、おまけにこわいもの知らず。ですから、うつくしい声で朝をつげる小鳥よりも、気味《きみ》のわるいヘビやトカゲがお気に入り。マナーやダンスを習《なら》うより、家来《けらい》をあいてに剣《けん》のレッスンをする毎日。ピアノをひいたり、ししゅうをしたりするよりも、馬にのって森をたんけんするのにむちゅうでした。

こんなふうに、お姫《ひめ》さまらしくない、ちょっと気の強い、じゃじゃ馬お姫《ひめ》さまだったので、〈とんでる姫《ひめ》〉とよばれるようになったのです。

いっぽう、王子さまは、〈パレット王子〉とよばれています。どうして、〈パレット王子〉とよばれるようになったのでしょうか。

それは、こういうわけです。

王子さまも、それはそれはすてきで、心のやさしい人でした。ところが、王子さまというより、まるで絵かきのように見えました。というのも、サテンや絹《きぬ》でつくった上品《じょうひん》なふくのポケットから、絵ふでがたくさんのぞいていたからです。おまけに、ふくには、色とりどりの絵《え》の具《ぐ》のしみがついていて、テレビン油《ゆ》のにおいもします。テレビン油《ゆ》は、絵《え》の具《ぐ》をうすめるためにつかう、ツーンとひどいにおいのする油《あぶら》です。

こんなふうに、絵をかくのがだいすきで、かたときも、絵ふでとパレットを手ばなさなかったので、〈パレット王子〉とよばれるようになったのです。

お城《しろ》では、だれもがみな、王子さまに気に入られようと、香水《こうすい》のかわりに、テレビン油《ゆ》のかおりをつけました。おまけに、はでな色の絵《え》の具《ぐ》で、ふくをよごすようになりました。

そして、〈とんでる姫《ひめ》〉は、赤と茶色と金色と、三色に髪《かみ》をそめてみました。王子さまが、よろこんでくれると思ったからです。

さて、ここで、〈パレット王子〉の絵についてお話ししましょう。王子さまがかく絵

は、ふつうの絵ではありません。王子さまは、どこにでもいるような絵かきではないのです。

たとえば、王子さまがバラの絵をかきます。その絵には、バラの花がえがかれているだけですが、バラのほんとうのうつくしさが感《かん》じられます。そのうえ、うるわしいかおりまでただよってきます。

王子さまが、一本の木をかきます。その絵には、木がえがかれているだけですが、地面《じめん》の下にある、くねくねとまがりくねった根《ね》っこも見えるようです。そして、絵に近づくと、さらさらと葉《は》っぱのそよぐ音がきこえてくるのです。

王子さまが、いっぴきの魚をかきます。すると、たちまちネコがやってきて、食い入るように見つめます。とびかかろうとするネコを見て、絵のなかの魚がおびえています。

王子さまが、ライオンをかきます。すると、だれもが、絵の前からにげだしたくなります。ライオンのひとみがらんらんとかがやき、牙《きば》をむきだして、今にも絵からとびだしてきそうなのです！

王子さまがかく肖像画《しょうぞうが》は、また、とくべつです。というのも、王子さまは、目に見える人の顔や形だけではなく、むねのおくのほんとうの気《き》持《も》ちや、かくれた才能《さいのう》などもえがくことができるのです。

たとえば、あるところに、ひとりの若者《わかもの》がいました。この若者《わかもの》は、はたらかなくてはならない年ごろですが、どんな仕事《しごと》をしたらいいのか、見当《けんとう》がつきません。そこで、〈パレット王子〉に肖像画《しょうぞうが》をかいてもらいました。

王子さまがかいた絵には、こまかい彫刻《ちょうこく》のある、手のこんだ家具《かぐ》をつくっている若者《わかもの》のすがたが、えがかれていました。絵を見た若者《わかもの》は、自分の才能《さいのう》に気づき、家具《かぐ》職人《しょくにん》になろうと心に決《き》めました。

また、あるとき、ネコをだいたかわいい女の子が、〈パレット王子〉に肖像画《しょうぞうが》をかいてもらいました。じつは、この女の子、おとうさんやおかあさんのあふれるほどの愛《あい》につつまれて大きくなった、やさしく、おしとやかなお姫《ひめ》さまでした。

ところが、王子さまがかいた絵には、おそろしいライオンを調教《ちょうきょう》する、いさましい女の子のすがたが、えがかれていました。絵を見た女の子は、

自分のほんとうの性格《せいかく》をさとり、この日から、思いついたら、いつでもどこへでもとんでいく、元気はつらつな女の子になりました。

そうです！　これが〈とんでる姫《ひめ》〉だったのです。

〈とんでる姫《ひめ》〉は、自分のほんとうの性格《せいかく》をおしえてくれた王子さまを、愛《あい》するようになりました。〈パレット王子〉も、かしこく、ゆうかんで、なにより心のやさしいお姫《ひめ》さまを、愛《あい》するようになりました。

こうして、ふたりは、けっこんをやくそくしたのです。

2 調子《ちょうし》っぱずれの吟遊詩人《ぎんゆうしじん》

お城《しろ》では、三日三晩《みっかみばん》、おいわいのパーティーがひらかれました。たくさんのしょうたい客《きゃく》や、曲芸師《きょくげいし》、旅芸人《たびげいにん》が、近くの村やら遠くの町やら、王国じゅうからやってきました。

パーティーも二日目のこと。いよいよ、あの吟遊詩人《ぎんゆうしじん》オンチッチョの登場《とうじょう》です！　吟遊詩人《ぎんゆうしじん》というのは、いろいろな国や町や村を旅《たび》して、自分でつくった詩《し》にメロディーをつけて歌う詩人《しじん》のことです。旅《たび》のとちゅうで見たりきいたりした、いろいろなうわさやできごとをおしえてくれる、ありがたい人でもあります。

オンチッチョも、〈パレット王子〉や〈とんでる姫《ひめ》〉のお城《しろ》をたびたびおとずれては、歌ったり、話したりしていました。そう、ゆうめいな吟遊詩《ぎんゆうし》人《じん》だったのです。

というのも……

オンチッチョがひとたび歌いだすと、だれもがみな、思わず耳をおおいたくなります。オンチッチョの歌は、ひどく調子《ちょうし》っぱずれで、きけたものではないからです。

もしも、オンチッチョが、〈パレット王子〉に肖像画《しょうぞうが》をかいてもらったら……ちょうり場《ば》でうでをふるうコックさんのすがたが、えがかれることでしょう。それなのに、オンチッチョは吟遊詩人《ぎんゆうしじん》になりました。

そもそも、なになりたいかなんて、考えもしませんでした。というのも、オンチッチョのおとうさんも吟遊詩人《ぎんゆうしじん》、おじいさんも吟遊詩人《ぎんゆうしじん》だったからです。たとえ、じょうずに歌えないとしても、じょうずに楽器《がっき》をえんそうできないとしても、オンチッチョが吟遊詩人《ぎんゆうしじん》になるのは、あたりまえのことだったのです。

歌はひどいものでしたが、歌われる詩《し》は、それはそれはすばらしいものでした。どれもがテンポよくリズミカルで、だれもがむちゅうになれる物語《ものがたり》なのです。

オンチッチョは、旅《たび》のとちゅう、さまざまな人に出会《であ》い、いろいろなお話を耳にします。ぞくぞくするようなこわいお話や、げらげらわらえるおもしろいお話、どきどきはらはら冒険《ぼうけん》のお話や、うっとりロマンチックな恋《こい》のお話……。オンチッチョは、そんなお話を詩《し》にして、メロディーをつけて歌っていました。

お城《しろ》にやってきたオンチッチョは、〈とんでる姫《ひめ》〉の前にすすみでると、うやうやしくおじぎをして、言いました。

「ああ、うるわしのお姫《ひめ》さま。このたびは、おめでとうございます。おいわいに、わたしのレパートリーのなかから、一曲《きょく》プレゼントいたしましょう」

「まあ、うれしいわ。なんてすてきなプレゼントだこと！」

お姫《ひめ》さまが答えました。お姫《ひめ》さまは、とびきり心のやさしい人だったので、ぶきっちょの曲芸師《きょくげいし》でも、ふとっちょのバレリーナでも、かなしい顔しかできない道化師《どうけし》でも、そして、オンチッチョのような調子《ちょうし》っぱずれの吟遊詩人《ぎんゆうしじん》でも、よろこんでお城《しろ》にむかえていたのです。

「ロマンチックなお話、冒険《ぼうけん》のお話、かなしいお話、おもしろいお話、そして、こわいお話、どれがよろしいでしょう?」

オンチッチョがたずねました。でも、それは、ちょっとたずねてみただけのこと。お姫《ひめ》さまがききたいお話は、さいしょからよくわかっていました。もちろん、こわいお話です。

お姫《ひめ》さまは、ぞくぞくするようなこわいお話が、だいすきなのです。ですから、お城《しろ》にやってくる吟遊詩人《ぎんゆうしじん》たちはみんな、きそうように、ぞっとするほどこわい詩《し》をつくっては、お姫《ひめ》さまのために歌いました。

オンチッチョも、こわいお話を歌うつもりでした。そうです。ほんとうにあった、こわいお話。その名も「おそるべき怪物《かいぶつ》ズグルンチの恐怖《きょうふ》の物語《ものがたり》」です。

じつは、オンチッチョには、この歌を歌わなければならない、ある理由《りゆう》がありました。ある理由《りゆう》とは……？
まあ、あとでわかることですから、ここは先にすすみましょう。
さて、オンチッチョが、歌いはじめました。かつてないほど調子《ちょうし》をはずしながら。

かなしく、わびしい物語《ものがたり》を、
この竪琴《たてごと》の音にのせて、
一曲《きょく》おとどけいたしましょう。
これは、ざんこくで、おそろしい怪物《かいぶつ》の
ほんとうにあったお話です。

カムンチ地方の荒《あ》れた野に、

おそろしい怪物《かいぶつ》がおりました。
その名も、ズグルンチ。
この怪物《かいぶつ》ズグルンチには、
〈心〉というものがありません。
ですから、なにも感《かん》じません。
なにも考えません。
感動《かんどう》することもなければ、
おこることも、
かなしむことも、
愛《あい》することもなく、
暗《くら》い洞窟《どうくつ》で、くらしていました。
よろこぶこともなければ、

わらうことも、
泣《な》くことも、
たたかうこともなく、
ひとりぼっちで、くらしていました。

ところが、ある日のこと、
そんなくらしにあきた怪物《かいぶつ》は、
なにかを愛《あい》してみたくなりました。
〈心〉というものをうばいとって、
なにかを愛《あい》してみたくなりました。

ああ、おそろしや、おそろしや。

なんとズグルンチは、旅人《たびびと》をおそいます。
〈心〉をすって、うばいとると、
旅人《たびびと》をほっぽりだします。
〈心〉をなくした旅人《たびびと》は、
もうなにも、感《かん》じません。
もう二度《にど》と、ためいきをつくことさえないでしょう。
つめたく、みにくい怪物《かいぶつ》に、
やさしく、あたたかい〈心〉を、
根《ね》こそぎ、うばいとられてしまったのですから。

ああ、おそろしや、おそろしや。
おなかいっぱい、だいまんぞくのズグルンチは、カムンチの地へと、もどります。

歌が、おわりました。きいていただれもがみな、体《からだ》じゅうにとりはだが立ち、せなかがぞくぞくしていました。それは、オンチッチョの歌が、あまりにもへただったからでもありますが、なにより、お話がこわかったからです。

「ズグルンチは、人間《にんげん》から〈心〉をうばいとってしまうのね？　そして、〈心〉をなくした人間《にんげん》は、ズグルンチのように、なにも感《かん》じなくなってしまうのね？」

お姫《ひめ》さまは、オンチッチョにたずねました。

「さようでございます、お姫《ひめ》さま。ズグルンチに〈心〉をうばわれた人間《にんげん》は、もう、怪物《かいぶつ》のようなものです。なぜなら、もう、なにも感《かん》じないのですから」

オンチッチョは、ぶるっと体《からだ》をふるわせ、話しつづけます。

「ところが、やはりズグルンチは、正真正銘《しょうしんしょうめい》の怪物《かいぶつ》です。〈心〉をたくさん食べて、おなかいっぱいになったのもつかのま、それを、あっというまに消化《しょうか》してしまいます。人間《にんげん》からうばった〈心〉は、自分のものではないからでしょう。ですから、けっしてまんぞくせず、いつもおなかをすかせて、さまよいあるいているのです。よろこんだりかなしんだりする〈心〉をうばいとることのできる、さらなる獲物《えもの》をさがして」

「そのズグルンチって、どんな格好《かっこう》なの？」

お姫《ひめ》さまが、さらにたずねました。とにもかくにも、身《み》の毛もよだつような、おそろしく、なまなましいせつめいが、だいすきなのです。

「ズグルンチは、それはそれはみにくい、世界《せかい》でいちばんみにくい怪物《かいぶつ》です。ゾンビやオオカミ男よりもぶきみで、しらゆき姫《ひめ》の魔女《まじょ》や、おやゆびこぞうの人食い鬼《おに》よりもむごたらしく、ドラゴンや悪魔《あくま》よりもおぞましいのです。おまけに、どんな怪物《かいぶつ》よりも毛ぶかく……」

オンチッチョが、話していると、

「やっぱり、かぎづめなの？」

お姫《ひめ》さまが口をはさみました。あまりのおそろしさに、ぞくぞくしな

がらも、なんだか楽しそうです。

「もちろんです。かぎづめには、毒《どく》があります。頭には、角《つの》が二本にとさかもはえ、おまけに、いぼやおできで、でこぼこです。全身《ぜんしん》、ダニだらけの、もさもさの長い毛におおわれ、その下のひふは、うろこのようにかたく、かさかさにかわいています。鼻《はな》には鼻水《はなみず》、耳には耳あか、口にはよだれに、吸血鬼《きゅうけつき》のようなするどい牙《きば》。その牙《きば》で獲物《えもの》にかみつき、血《ち》ではなく〈心〉を、内にひめた感情《かんじょう》とともに、〈心〉をすいとるのです。

ズルッ、ズルッ、ズルッ！　とすいこみ、ズグルンチ、ズグルンチ、ズグルンチ！　と音をたてて食べます。これは、怪物《かいぶつ》の口のなかで、人間《にんげん》の〈心〉が発《はっ》する音なのです。そう、この怪物《かいぶつ》が〈ズグルンチ〉とよばれるようになったのは、この音からなのです。

さあ、これで、みなさんに、すべてお話ししました！」

オンチッチョは、息《いき》をつぐこともなく、一気にしめくくりました。

「ああ、なんてひどいお話なの！」

お姫《ひめ》さまは、オンチッチョのせつめいをきいて、だいまんぞく。おそろしさのあまりか、うれしさのあまりか、大きく身《み》ぶるいしながら、たずねました。

「だけど、ズグルンチのこと、あなたは、どうして知っているの？　会《あ》ったことがあるのかしら？」

「もちろんでございます、お姫《ひめ》さま。じつは……しょうじき言いますと、ズグルンチに会《あ》ったとき、あまりのおそろしさに、声をあげてしまいました。ですが、その声は……わたしの声は……」

〈パレット王子〉が、オンチッチョのことばをさえぎりました。

「わかったぞ！　調子《ちょうし》がはずれていたんだね。あたりだろう？」

そして、すぐさま、たずねました。

「だけど、よくたすかったね。どうやって、にげてきたんだい？」

じつは、これが、いちばん知りたいことだったのです。

「わが才能《さいのう》が、わが命《いのち》をすくいました！」

少しだけ顔を赤らめながら、オンチッチョは話しはじめました。

オンチッチョがズグルンチと出会《であ》ったとき、ズグルンチは〈心〉にうえていました。むねがおどるような歌や、きゅんとするような物語《ものがたり》をききたいというズグルンチのために、オンチッチョが、おとくいの歌を歌ってあげました。

その歌に大いにまんぞくして、ズグルンチは、オンチッチョを見のがしてくれたというのです。おそらく、この怪物《かいぶつ》は、調子《ちょうし》っぱずれの吟遊詩人《ぎんゆうしじん》の、調子《ちょうし》っぱずれの歌が、気に入ったのでしょう。

ところが、オンチッチョのこのお話、まるっきりのうそというわけではないのですが、どうやら、かなりちがっているようです。

ほんとうは、こういうことだったのです。

吟遊詩人《ぎんゆうしじん》オンチッチョがズグルンチにつかまったのは、カムンチの地を、歌いながらあるいているときでした。ズグルンチは、オンチッチョにつめよりました。

「おまえは、国から国へ、町から町へとわたりあるいている、吟遊詩人《ぎんゆうしじん》とやらだな。さあ、おしえるんだ。いちばん感情《かんじょう》のゆたかな〈心〉をもっているのは、だれだ？　いちばんおいしい〈心〉をもっているのは、だれだ？　さあ、言え。さもないと、おまえの〈心〉をいただくぞ！」

ああ、なんということでしょう。オンチッチョは、たすかりたいばかり

に、歌ってしまったのです。いつものように、メロディーにのせて、そう、
こんなお話を……。

あの谷をこえた
あの山のむこうに、
とびきり才能《さいのう》のある、
うっとりするほどうつくしく、
ほれぼれするほど上品《じょうひん》な、
ひとりの男がくらしています。
火でも、土でも、水でも、空気《くうき》でも、
まるで、今、目の前にあるかのように、
あざやかに、のびやかに、

絵にかくことができるのです。
まさに、神業《かみわざ》!

たとえば、人間《にんげん》をかいたとしましょう。
わるい人なのか、いい人なのか、
絵を見れば、ひと目でわかります。
人の〈心〉のなかが、見えるのです。
ほんとうの気持《きも》ちを感《かん》じとり、
絵にかくことができるのです。
だれもがうらやむ、強く大きな〈心〉をもち、
あらゆる人を、
やわらかな気持《きも》ちにしてくれます。

愛《あい》する人にささげる愛《あい》も、
これまたとくべつです。

今まで、あなたがすいとった、
いかなる〈心〉も、かないはしない。
まちがいなく、いちばんおいしい〈心〉です。
もちぬしの名は、パレット王子！

3 いざ、怪物《かいぶつ》たいじへ！

ざんねんながら、これが、ほんとうのお話でした。つまり、オンチッチヨは、自分の〈心〉とひきかえに、〈パレット王子〉の〈心〉をさしだしてしまったのです！

うらぎり者だとか、ひきょう者だとか、オンチッチヨを悪者《わるもの》あつかいするのは、かんたんです。でも、そうかんたんに、かたづけられるものではありません。ズグルンチの前では、どんな勇気《ゆうき》も忠誠心《ちゅうせいしん》も、あっというまに消《き》えうせてしまうものだ……というのは、まあ、オンチッチョの言いわけですが。

それでも、せめてもの罪《つみ》ほろぼしだったのでしょう。王子さまがくらすお城《しろ》の場所《ばしょ》は、怪物《かいぶつ》におしえませんでした。というより、お城《しろ》とはまったく正反対《せいはんたい》の方向《ほうこう》を指《ゆび》さして、「谷をこえた山のむこう」と、うそをおしえました。

オンチッチョは、ズグルンチの恐怖《きょうふ》のかぎづめから、命《いのち》からがらにげだすと、王子さまのお城《しろ》へと、息《いき》せき切ってかけつけました。そのとき、お城《しろ》は、おいわいのパーティーのまっさいちゅうだったというわけです。

オンチッチョは思いました。怪物《かいぶつ》ズグルンチとのできごとを、すべて話せなくてもしかたがない。だけど、せめて、おそろしい怪物《かいぶつ》がいることを知らせ、用心するようにつたえたい、と。そこで、「おそるべき怪物《かいぶつ》ズグルンチの恐怖《きょうふ》の物語《ものがたり》」を、メロディーにのせて歌ったのです。

さあ、こわいもの知らずの〈とんでる姫《ひめ》〉は、いてもたってもいられません。愛《あい》する王子さまが怪物《かいぶつ》にねらわれているとは、ちっとも知らないお姫《ひめ》さまは、こともあろうに、王子さまをけしかけました。

「ズグルンチをたいじしましょう！　ゆうかんな騎士《きし》をおくって、ズグルンチを洞窟《どうくつ》からおびきだし、やっつけてしまえばいいのよ。そうすれば、もう二度《にど》とこんなことはおこらない、平和《へいわ》な国になるわ」

〈とんでる姫《ひめ》〉は、ヒグマよりも大きな魔女《まじょ》、マジョーナのお話を思い出しました。

マジョーナは、マッジョ村の住民《じゅうみん》を恐怖《きょうふ》におとしいれました。なぜだか鼻《はな》がだいこうぶつで、会《あ》う人、会《あ》う人の鼻《はな》を、もぎとってしまうのです。

そして、うばった鼻《はな》でおいしい料理《りょうり》をつくります。キノコと煮《に》こんだ〈鼻《はな》とキノコのトマトソース煮《に》〉や、まるごとのタラとたっぷりのハーブをくわえた〈鼻《はな》とタラのハーブ蒸《む》し〉などです。

お姫《ひめ》さまは、マジョーナのうわさをきくと、魔女《まじょ》をたいじしてほしいと、王子さまにおねがいしました。くる

しむ人々をたすけてあげたかったのです。
　ところが、すでに手おくれでした。ゆうかんな騎士《きし》たちがマジョーナを生けどりにしたときには、マッジョ村にすむおおかたの人には、もう、鼻《はな》がついていませんでした。
　また、あるとき、〈とんでる姫《ひめ》〉と〈パレット王子〉は、オンチッチョから、ニョロ湖《こ》にすみついているというおそろしい大ヘビ、ニョローロのお話をききました。ニョローロは、道をあるいている人の足をすくって、湖《みずうみ》におとしてしまうというのです。
　ちょっときいただけでは、かわいいいたずらのように思えますが、けっしてそうではありません。なにしろ、湖《みずうみ》におちた人たちを、ぺろりとたいらげてしまうのですから！

このときは、王子さまみずから、大ヘビたいじにむかいました。お姫《ひめ》さまに、よろこんでほしかったからです。

そして、こんどは、怪物《かいぶつ》ズグルンチです。

「ねえ、王子さま。そんなおそろしい怪物《かいぶつ》を野放《のばな》しにはできないわ！　怪《かい》物《ぶつ》ズグルンチをたいじするには、いったいどうしたらいいの？」

お姫《ひめ》さまにそうだんされた王子さまは、考えに考えて、そして、答えました。

「よし、ぼくにまかせておけ！」

ひそかに心をいためていたオンチッチョは、ほっとして、大きなためいきをつきました。なにしろ、王子さまがズグルンチにねらわれることになったのは、自分のせいなのです。それでも、きっと、王子さまなら、不意《ふい》をつかれてズグルンチにつかまってしまうより先に、不意《ふい》をついてズグルンチをつかまえてくれることでしょう。

ところが、王子さまの頭のなかは、怪物《かいぶつ》たいじより、ズグルンチの肖像《しょうぞう》画《が》をかくことでいっぱいでした。ふしぎなことに、それしか考えられないほどでした。

王子さまは、こんなふうに考えたのです。

オンチッチョが言ったとおり、ズグルンチが人間《にんげん》からうばった〈心〉をすぐに消化《しょうか》して……そして、いまも〈心〉がないのだとしたら……。そうだ、ズグルンチの絵をかこう！　そうすれば、ズグルンチの〈心〉を、つまり〝ないもの〟を、えがきだすことができるだろう。今まで、だれひとりとして、〝ないもの〟をかいたことはなかったぞ！

〝ないもの〟をかくということは、どんな絵かきであろうと、絵をかく者《もの》にとって、大いなるちょうせんなのです。いったい、絵に、なにがあらわれるのか……？（なにかがあらわれたら、の話ですが！）

王子さまは、ズグルンチの肖像画《しょうぞうが》をかきたくてかきたくて、もう、じっとしていられません。そこで、ほんとうの目的《もくてき》はだれにもつげず、武器《ぶき》をもった騎士《きし》たちをつれて、お城《しろ》を出発《しゅっぱつ》しました。

ところが、王子さまだけは、ぜんぜんちがう武器《ぶき》をもっていました。剣《けん》や盾《たて》ではなく、パレット、絵《え》の具《ぐ》、キャンバス、絵ふで、そして、テレビン油《ゆ》です。

そうこうするうちに、ズグルンチも、〈パレット王子〉をさがしに旅立《たびだ》ちました。ところが、あいにくズグルンチは、ひどい方向《ほうこう》おんちでした。東も西も、南も北もわからなければ、上も下も、左も右もわかりません。せっかくオンチッチョが、恐怖《きょうふ》におびえながらも、正反対《せいはんたい》の方向《ほうこう》をおしえたというのに……。

ズグルンチは、谷をこえた山のむこうへは行かずに、川をわたって森へと入っていきました。この森こそ、〈パレット王子〉が、旅《たび》のさいしょの夜をすごすことにした場所《ばしょ》だったのです。

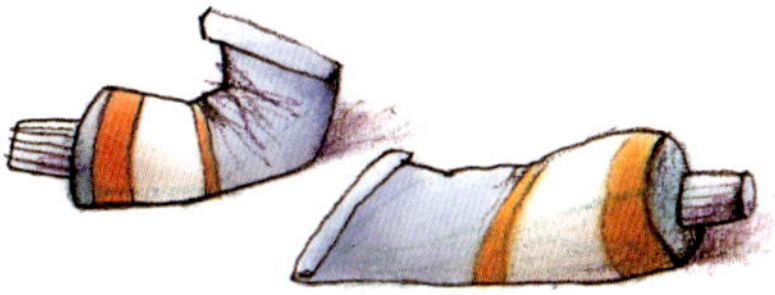

その人間《にんげん》を見たしゅんかん、ズグルンチは、うたがいませんでした。テレビン油《ゆ》のにおいがします。ふくには、絵《え》の具《ぐ》のしみがたくさんついています。ポケットからは絵ふでがたくさんのぞいています。〈パレット王子〉にまちがいありません！

ズル、ズル、ズルッ！　ズグルンチ、ズグルンチ、ズグルンチ！
気高《けだか》く、ふかく、ゆたかな王子さまの〈心〉を、ズグルンチは、あっというまにすいこみ、かみくだき、のみこんでしまいました。

〈パレット王子〉があわれなすがたで発見《はっけん》されたのは、一週間後のことでした。森をさまよっているところを、騎士《きし》たちが見つけたのです。

かわいそうに、すっかり〈心〉をうばいとられた王子さまは、まるで、のびきったゴムのようにほうけていて、記憶《きおく》までうしなっているようでした。お城《しろ》のこともおぼえていなければ、うでのいい絵かきだったことも、そして〈とんでる姫《ひめ》〉を愛《あい》していたことも、おぼえていません。

それどころか、お姫《ひめ》さまの顔を見ても、〈とんでる姫《ひめ》〉であることさえ、わからなかったのです。赤と茶色と金色と、三色の髪《かみ》のお姫《ひめ》さまは、そうたくさんいるわけではないはずなのに……!

4 〈とんでる姫《ひめ》〉、だいかつやく

〈とんでる姫《ひめ》〉は、どれほどたくさんのなみだを、ながしたことでしょう！　王子さまに愛《あい》されていないなんて！　それどころか、王子さまは、会《あ》えないことのさびしさも、愛《あい》することのよろこびも、なにも感《かん》じないのです。

それでもやっぱり、王子さまをあきらめられません。〈とんでる姫《ひめ》〉は、こわいお話がだいすきな、とてもゆうかんなお姫《ひめ》さまです。ですから、泣《な》いてばかりいないで、おそるべき怪物《かいぶつ》ズグルンチと、たたかうことにしました。男もののふくをまとい、武器《ぶき》を身《み》につけます。そして、いちばんはやい馬にまたがると、二十人のゆうかんな騎士《きし》を引きつれて、怪物《かいぶつ》をさがしに出発《しゅっぱつ》しました。

とにかく、ズグルンチの大きなおなかを、剣《けん》でつきさすのです。そうすれば、おなかはたちまちはれつして、愛《あい》する王子さまの〈心〉はもちろん、ズグルンチがうばったたくさんの〈心〉が、自由《じゆう》になるはずです。自由《じゆう》になった〈心〉は、もとのもちぬしのむねのなかに、とんでかえるにちがいありません。そう、まるで、わるい魔法《まほう》がとけたときのように。

お姫《ひめ》さまは、すぐに、ズグルンチをさがしだしました。あの詩《し》のとおりだったからです。

ああ、おそろしや、おそろしや。
おなかいっぱい、だいまんぞくのズグルンチは、
カムンチの地へと、もどります。

ズグルンチは、〈パレット王子〉の〈心〉をうばって、まさに、カムンチの地にもどってきたところでした。

お姫《ひめ》さまは、洞窟《どうくつ》で、ぐっすり寝《ね》こんだズグルンチを見つけると、その大きなおなかを、ぐさりとつきさしました。あっけないものでした。

ところが、ものごとというものは、なかなか、すじがきどおりにはいきません。

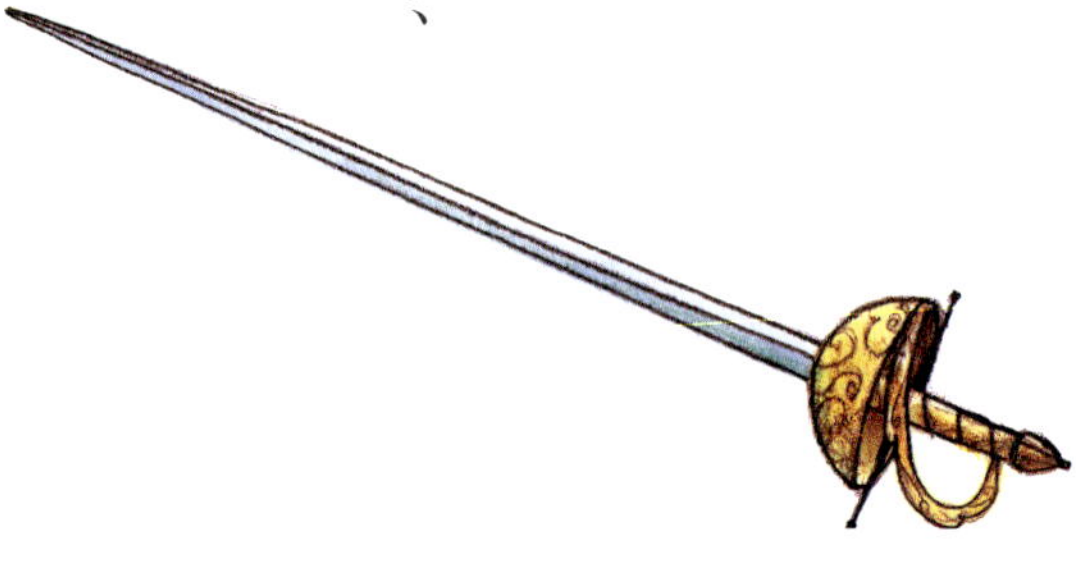

はれつしたズグルンチのおなかは、もう、からっぽになっていました。おなかいっぱいの〈心〉も、ズグルンチのものにはならないで、あっというまに消化《しょうか》されてしまったのです。

消化《しょうか》されたあとは、もちろん……そう、ここでは、けっしてきれいではないことも、言わなければなりませんよね。

そう、どんなに気高《けだか》く、どんなにじゅんすいな〈心〉でも、ひとたび怪物《かいぶつ》のおなかで消化《しょうか》されると、さいごにいきつくところは、やっぱり……うんこ！

たしかに、洞窟《どうくつ》のまわりには、大きくて、くさいものが、たくさんころがっていました。ほら、牧場《ぼくじょう》で牛がのこしていくような……。そして、王子さまのふかく、ゆたかな〈心〉も、そこでおわっていました。

ざんねんながら、これでは、感動的《かんどうてき》なハッピーエンドではありません。

でも、あんしんしてください。ほら、さいしょにお話ししたでしょう。あべこべのお話ですから、どんな結末《けつまつ》をむかえるのか、だれも知りません。ということは、そう、さいごに大どんでんがえしだってあるかもしれませ

んね。
さあ、つづきを読んでみましょう。

さて、なにはともあれ、〈とんでる姫《ひめ》〉は、おそろしい怪物《かいぶつ》をたいじしました。これで、もう、ズグルンチに〈心〉をうばわれる人もいないでしょう。

ところが、〈パレット王子〉は、〈心〉をなくしたまま、あいかわらず、ぼんやりしています。

そこで、お姫《ひめ》さまは王子さまに、絵ふでやパレット、王子さまがかいた絵を見せてみました。王子さまがうでのいい絵かきだったこと、そして、ふたりが愛《あい》しあっていたことを、思い出してほしかったのです。

ところが、なにひとつとして、思い出してくれません。まったくのむだでした！

いったい、どうすればいいのでしょう？

お姫《ひめ》さまをたすけてくれたのは、ほかでもない、あの吟遊詩人《ぎんゆうしじん》オンチッチョでした。

ある晩《ばん》、オンチッチョがお城《しろ》にやってきました。お姫《ひめ》さまは、王子さまの〈心〉がもどることだけを、いつもねがっていました。そこで、オンチッチョにたのみました。

「ねえ、オンチッチョ。あなたのレパートリーに、芸術的《げいじゅつてき》なお話や、感動的《かんどうてき》なお話があるなら、一曲《きょく》おねがいできないかしら？」

ちょうどよいタイミングでした。つい二、三日前、オンチッチョが通りかかったコロロという町で、〈心の魔術師《まじゅつし》〉とよばれる絵かきの話をきいたばかりだったのです。

オンチッチョは、ふたりの前で、「心の魔術師《まじゅつし》のバラード」を歌いました。
いつものように調子《ちょうし》をはずしながら。

コロロの町のはずれに、
〈心の魔術師《まじゅつし》〉とよばれる
絵かきがくらしています。

〈心の魔術師《まじゅつし》〉は、
青いひとみに、白いひげ、
大きな〈心〉をもっています。
そして、〈心〉をかきます。
いろいろな人の〈心〉をかくのです。

明るく澄《す》んだ〈心〉に、暗《くら》くくすんだ〈心〉、
赤い〈心〉に、白い〈心〉、
小さな〈心〉に、大きな〈心〉、
恐怖《きょうふ》におののく〈心〉に、希望《きぼう》にはずむ〈心〉、
きずついた〈心〉に、愛《あい》にみちた〈心〉。

そう、〈心の魔術師《まじゅつし》〉は
〈心〉をかいて、魔法《まほう》をかけます。

オンチッチョの歌がおわっても、〈パレット王子〉は、やっぱりぼんやりしたままです。
ところが、〈とんでる姫《ひめ》〉はちがいます。歌がすすむにつれ、心臓《しんぞう》が、

ドッキンドッキン高鳴ってきたのです。いっこくも早く〈心の魔術師《まじゅつし》〉に会《あ》わなければなりません。きっと、この〈心の魔術師《まじゅつし》〉が、〈パレット王子〉の〈心〉をとりもどしてくれることでしょう。

あくる日、お姫《ひめ》さまは、コロロの町へと旅立《たびだ》ちました。町のはずれにあるという魔術師《まじゅつし》の大きなおやしきは、かんたんに見つかりました。

おやしきには、細長い馬小屋《うまごや》がありました。ところが、馬小屋《うまごや》だというのに、馬は一頭もいません。そこには、〈心〉の絵が、たくさんかざってあるだけです。

大きなダンスホールもありました。ふつうは、自由《じゆう》におどれるように、なにもおかないものですが、そこは、絵であふれています。そして、どの絵にも、〈心〉がたくさんえがかれています。

こんなふうに、ホール、ろうか、小べや、ものおき、キッチン、バスルームなど、おやしきのありとあらゆるところに、絵がありました。かべにかけてあったり、たなにつみかさねてあったり、あちこちにちらばっていたり……。どれも〈心〉でいっぱいです。

〈心の魔術師《まじゅつし》〉は、かきかけの絵のあいだを、あっちに行ったり、こっちに来たりしながら、〈心〉をかいています。

〈とんでる姫《ひめ》〉は、まず、わが身《み》におこったかなしいできごとを話すつもりでした。でも、そのひつようはありませんでした。〈心の魔術師《まじゅつし》〉は、だれの〈心〉でも読むことができるので、お姫《ひめ》さまの〈心〉もすっかりお見通し。手にとるようにわかるのです。

「そなたに、力をかしてあげよう」

〈心の魔術師《まじゅつし》〉が言いました。

「じつは、このたくさんの〈心〉の絵のなかに、そなたの愛《あい》する王子さまの〈心〉もあるのじゃ。だがな、わしがおしえることはできん。そなたが、自分で見つけなけりゃならんのじゃ」

「こんなにたくさんあるのに！」

お姫《ひめ》さまは、がっくりと肩《かた》をおとしました。い

ったい、どうしたら、王子さまの〈心〉が見つけられるのでしょう？

お姫《ひめ》さまは、くる日もくる日も、〈心の魔術師《まじゅつし》〉のおやしきにかよって、絵をしらべました。愛《あい》する王子さまの〈心〉は、どれ？　なにか見える？　なにかきこえる？　なにか感《かん》じる？　目を皿《さら》のようにして、一まい一まい、見てまわります。

ある日のこと、一まいの絵に近づきました。その絵には、〈心〉がふたつかいてあります。なぜだか、ふと、ふたつの〈心〉のうち、ひとつをのぞきこみました。

すると、どうしたことでしょう。そこに、お姫《ひめ》さまのすがたが見えるではありませんか！

「なーんだ、かがみか……」

と、さいしょは思いました。でも、ちがいます。かがみではありません。ほかの絵と同じように、絵《え》の具《ぐ》でかいてあります。お姫《ひめ》さまのすがたが、はっきりとかかれているのです。

「きっと、〈心の魔術師《まじゅつし》〉の魔法《まほう》だわ」

と、せなかをむけたそのしゅんかん、ひらめきました。お姫《ひめ》さまのすがたがかかれていたのは、この〈心〉だけです。この〈心〉こそ、王子さまの〈心〉にちがいありません。

「まちがいないわ！」

お姫《ひめ》さまは、この絵を手にとると、〈心の魔術師《まじゅつし》〉におれいを言って、お城《しろ》にもどりました。そして、もちかえった絵を、王子さまの前におきました。

絵のなかのもうひとつの〈心〉は、お姫《ひめ》さまの〈心〉です。そこには、王子さまのすがたが見えます。今のすがただけではありません。お姫《ひめ》さまの〈心〉にずっとずっと生きつづけていた、気高《けだか》く、りりしい王子さまのすがたも見えます。

そのとき、王子さまは、ゆめからさめたように、はっと、われにかえりました。そう、〈心〉をとりもどしたのです。絵や絵ふでも、そして、愛《あい》するお姫《ひめ》さまも、とりもどすことができました。

〈パレット王子〉は、〈とんでる姫《ひめ》〉に、あらためてけっこんをもうしこみました。こうして、このお話は、ふたりのけっこん式《しき》でフィナーレをむかえます。

お城《しろ》では、三日三晩《みっかみばん》、ふたりのけっこんをいわうパーティーがひらかれました。たくさんのしょうたい客《きゃく》や、曲芸師《きょくげいし》、旅芸人《たびげいにん》が、近くの村やら遠くの町やら、王国じゅうからやってきました。

そして、パーティーも二日目のこと。あの吟遊詩人《ぎんゆうしじん》オンチッチョがやってきて……

さあ、さあ、歌もお話も、もうたくさん。

ですから……

ちょうど、時間となりました。それでは、みなさん、さようなら！

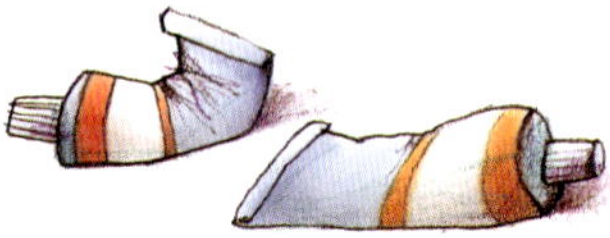

●作者
シルヴィア・ロンカーリァ Silvia Roncaglia
イタリアのエミーリア＝ロマーニャ州モデナ生まれ。小学校教師、児童向け雑誌の編集者などを経て作家となる。児童向けの作品が多く、ときにシナリオの執筆やアニメーションのプロデュースも手がける。これまでに70冊以上の作品を出版し、2006年、*Caro Johnny Depp*（親愛なるジョニー・デップ）でイタリア国内の権威ある児童文学賞バンカレッリーノ賞を受賞。

●画家
エレーナ・テンポリン Elena Temporin
1970年、イタリアのピエモンテ州アレッサンドリア生まれ。ミラノのヨーロッパデザイン学院でイラストを学ぶ。イラストレーターとして仕事を始めると同時に、海外を転々としながら、舞台美術家やコックなど、さまざまな職業を経験する。1997年以降はミラノで暮らし、とりわけ児童書の分野でイラストレーターとして活躍。イラストを手がけた作品は、イタリア国内だけでなく、海外でも広く出版されている。

●訳者
たかはし たかこ（高橋隆子）
1963年、千葉県生まれ。青山学院大学文学部卒業。テレビ局に勤務するかたわら、イタリア語を学び、2007年、第13回「いたばし国際絵本翻訳大賞」イタリア語部門で最優秀翻訳大賞を受賞。おもな翻訳絵本に、『ブレーメンのおんがくたい』『うさぎとかめ』『さんびきのこぶた』（西村書店）などがある。

とんでる姫と怪物ズグルンチ〈ときめきお姫さま3〉

2012年3月30日　第1刷発行

作　者：シルヴィア・ロンカーリァ
画　家：エレーナ・テンポリン
訳　者：たかはし たかこ
発行者：西村正徳
発行所：西村書店 東京出版編集部
〒102-0071 東京都千代田区富士見2－4－6
TEL 03-3239-7671　FAX 03-3239-7622
www.nishimurashoten.co.jp
印　刷：早良印刷株式会社
製　本：株式会社難波製本

ISBN978-4-89013-928-6　C8097　NDC973　72p.　19.7 × 15.0cm

ときめきお姫さま シリーズ

シルヴィア・ロンカーリァ 作／エレーナ・テンポリン 絵
たかはし たかこ 訳

1 おとぎ話をききすぎたお姫さま

セレーナ姫は、夜、ねる前に〈おやすみなさいのお話〉をきくのがだいすき。それもかならず、お姫さまが出てくるお話。でも、お話をききすぎて毎日がとんちんかん。おとなになって、ひたすら〈りそうの王子さま〉を待ちつづけるのですが……。

72ページ
定価998円(税込)

2 いやいや姫とおねだり王子

なにをするにも「いやいや」と言ってだだをこねる〈いやいや姫〉。なんでもかんでも「ちょうだい」と言ってほしがる〈おねだり王子〉。さて、おとなになった二人が出会い、ひとめぼれ。王子はすぐに、お姫さまにプロポーズするのですが……。

72ページ
定価998円(税込)

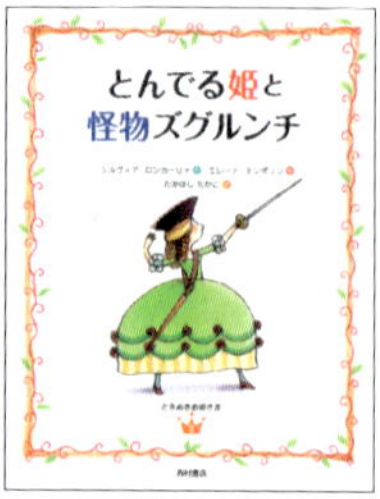

3 とんでる姫と怪物ズグルンチ

やさしくて、こわいもの知らずの〈とんでる姫〉。もうすぐ、絵のじょうずな、すてきな王子とけっこんします。ところが、王子が、人の〈心〉をうばいとる怪物のたいじに出かけ、ぎゃくに〈心〉をとられる羽目に。さあ、〈とんでる姫〉の出番！

72ページ
定価998円(税込)

4 ねてもさめても いたずら姫

たいくつでしかたのないレベッカ姫は、いたずらが楽しみ。でも、やりすぎて王さまをおこらせ、きびしい修道院に入れられることに。とちゅうでうまくにげたものの、こんどは盗賊にさらわれます。ところが、ここでも、いたずらをして……。

72ページ
定価998円(税込)

＊定価は変わることがあります。